천지연폭포

인지

천지연폭포

1판 1쇄 인쇄 2021년 4월 15일
1판 1쇄 발행 2021년 4월 20일

발행처 도서출판 문장
발행인 이은숙

등록번호 제2015-000023호
등록일 1977년 10월 24일

서울시 강북구 덕릉로 14(수유동)
전화 02-929-9495
팩스 02-929-9496

ISBN 978-89-7507-085-3

문장 시인선 006

천지연 폭포

김석홍 시집

도서
출판 문장

▶시인의 말

이제 막 한 그루 묘목을 심었다.
무럭무럭 자라나 한여름 넉넉한 그늘을 만들어 주는
나무가 되기를 소망해 본다.

2021년 봄
김 석 홍

▶ 차례

1부

2부

3부

4부

1

봄날

적막을 깨뜨리고 몰려오는
무언의 함성

설레는 가슴 부끄러움 잊은 채
알몸으로 춤추는
꽃들의 향연

누구라도 3월엔
무엇이든지 다
꼬옥 안고 싶어진다

목련

봉긋하게 부푼 가슴
옷깃 속에 감추고
소리 없이 미소 짓는
순백한 얼굴

하늘에서 내려보낸
지상의 축복

천지연폭포 天地淵瀑布

계곡을 뒤흔드는 우레 같은 울음소리
하늘 높이 솟구치는 거대한 물기둥

저 낭떠러지 아래 푸르른 소沼에는
가슴 저린 고래 한 마리가
살고 있다고 생각했다

세상이 바다와 뭍으로 갈라지던 날
집으로 돌아가지 못한 새끼 고래가
절벽 깊숙한 곳에 어미 모습 새겨놓고

숱한 날을 사무치는 그리움에 몸부림치며
밤하늘 검푸른 물속을 유영하는 별들에게
간절한 마음으로

나 여기 있다고 어미 고래에게 전해달라며
쉼 없이 신호를 보내는 것이다
서러운 울음으로

진달래

겨우내 몰아친 칼바람이
네게 그렇게 깊은 상처를 남겼나 보다
야윈 몸통 여기저기에
물감처럼 번진 멍 자국이 처연하다

따스한 바람이 불어온다고
눈석임물이 흐른다고
봄이 온 것이 아니다

온몸이 상처투성이인 네가
가슴속에 맺힌 응어리를 풀어내야
비로소 봄이 온 것이다

새싹

문틈 사이로 다가드는 훈훈한 기운
때는 지금이다
함성을 지르며 뛰쳐나갔는데
아, 온누리를 감싸 안은
보드라운 햇살

살그머니 주먹을 편다
손가락 마디마디에서
파릇파릇
싱그러운 봄 내음이 피어난다

밤꽃

하얀 속살 비벼대며
잉태를 꿈꾸는

녹음을 품고 자란 그윽한 향내
달빛 타고 내려와
마을 어귀 외딴집 빛바랜 창문을
말갛게 말갛게 물들인다

흔들리는 여심
달그림자 좇다가
어느새 그만
새벽을 맞는다

참나리꽃의 꿈

겨우내 땅속에 웅크리고 앉아
손가락 호호 불어가며 그리던 꿈
이제 막 줄기를 키우기 시작했는데
봄 언덕에 드리운 햇살을 좇아서

누군가가 그만 내 꿈을 꺾어 버렸어요
그가 누구인지를 알고 싶지는 않아요
물론 원망하지도 않고요
다행히 다리는 말짱하거든요
게다가 흑진주 몇 알쯤은
몸에 달 수도 있을 것 같아요

남아 있는 몸뚱이를 튼튼히 키울 거예요
다음 생에는 꼭 여름날의 신부처럼
발그레한 웃음꽃을 피울 겁니다

외톨박이 뽕나무

미세 먼지 초미세 먼지 뒤섞여 난무하는
도심 천변에 터 잡은 뽕나무
여린 이파리 사이사이에
아기 손가락을 닮은 오디를 올망졸망 달고 있다

하얀 오디가 빨개지고
다시 까맣게 익어가는데도
누에나방은 아직 소식이 없다
새들도 고개 돌려 휙휙 지나가고
한나절 배고픔을 달래던
검푸른 입술 아이들마저 보이지 않는다

그 누구도 다가오지 않는
외톨박이 뽕나무
물러 터진 오디 발밑에 떨구고서
젖은 어깨 들먹이며 속울음을 삼킨다

쇠똥구리

땡볕 아래
쇠똥구리가 구슬을 굴리고 있다
비탈길을 오르다가 그만
천 길 바닥으로 굴러떨어진다

아차
나락으로 떨어졌나 싶더니
지구를 들어올리듯
다시금 비탈길을 오른다

쇠똥구리에게 있어 똥굴리기는
평생 놓을 수 없는 양식이자
끝을 알 수 없는
머나먼 집이다

밤송이

알밤 삼 형제는 엄마 품속에서
몸을 키우고 내일을 꿈꿉니다

갈바람이 불어 오자
엄마는 망설임 없이
제 몸을 터뜨립니다

세상 밖으로 나온 자식들은
이제 저마다 꿈을 펼치겠지요
또 하나의 부모가 되기 위해
꿋꿋하게 제 갈 길을 떠나겠지요

가을 편지

지상의 물방울들이 하늘로 올라
호수가 되고
고추잠자리는 가을바람을 타고 올라
하늘호수에 가득 담긴 사연들을
지상으로 지상으로 퍼 나릅니다

시집갈 날이 잡혔다는 전갈에
앞산 단풍나무는 얼굴이 발개지고
도시로 간 아들이 고향을 찾는다는 소식에
들녘 허수아비는 쉼 없이 어깨춤을 춥니다

뜰 앞 은행나무에도
그리운 사연들이 조랑조랑 매달렸습니다
그 끝에 엽서 한 장이 눈에 띕니다
지난여름 어느 산골에서 부친
내게 쓴 그림엽서입니다

억새

슬쩍 내비친 눈길에도 반갑다고
머리를 끄덕인다
작은 손짓에도 고맙다고
허리가 꺾일듯이 몸을 구부린다
너의 그런 모습을 보면서 연약하다고
줏대 없이 아부만 한다고 비웃었다

그런데 지금껏 나는
누군가로부터
저런 환대를 받은 적이 있었나
아니 누군가를 저처럼
진정으로 대한 적이 있었던가

내가 오만한 것이다

만추晩秋

석간수 한 모금에
답답한 가슴이 시원스레 탁 트인다
누가 물감을 뿌려 놓았는가
붉은 산빛에 젖어 오르고 또 오르니
온몸에 취기가 발갛게 달아오른다

쪽물을 머금은 듯 눈 시린 하늘
새털구름 드높이 날개를 펴고
바위에 드러누워 눈 꼭 감으니
솔바람 소리 파도처럼
귓가에 철썩인다

선경이 따로 있나
여기가 바로 선경이다
신선이 따로 있나
오늘은 바로 내가 신선이다

낙엽

끈 떨어진 황혼이라고 비웃지 마라
아무짝에도 쓸모없는 고물이라고 손가락질하지 마라

태어나서 이 한몸 다 바쳐
뿌리와 줄기를 튼실히 키우고
꽃 피우고 열매 맺어 주었다
한여름 무더위를 이겨내라고 쉼터를 만들어 주고
만추의 무대에서는 고운 옷 갈아입고 춤사위도 펼쳤다

이제 모든 것 내려놓고 영원한 안식에 들려 한다
누워 있는 나를 밟고 걸어 보아라
물안개처럼 피어오르는
옛이야기가 들려오지 않느냐
그러니 부디 나를
쓰레기라고 부르지 말아다오
아름다운 퇴장이라고 손뼉을 쳐다오

가을과 겨울 사이

큰 길가 모퉁이에서
야윈 달빛이 너를 기다리고 있어
어서 가서 반갑다고 인사를 해야지
그러니까 이제 우리
헤어지는 의식을 치르자
마른 가지 끝에 매달려 안간힘 쓰지 말고
핏기 가신 손바닥에
작은 별 한 개씩 쥐여 줄 테니
상큼하게 웃으면서 등을 돌리자
우리 언젠가는 다시
만날 수 있다는 믿음이 있으니

눈雪

소리 없이 다가와
다정한 눈빛으로 곁을 지키다
살며시 떠나가는

난꽃 향기처럼
맑고 순결한 그대

겨울 산

겨울 산이 소리 내어 운다

삭풍에 베인 살갗 아물지 않아
겨울 산은 날마다 야위어 간다

눈송이가 다가와
따스한 숨결로 속삭인다

겨우내 내가 지켜 줄게

겨울 산이 가만히 야윈 가슴을 내민다

겨울나무

귓가를 맴돌기만 하며
아무런 말도 하지 못하는
바람이 안쓰러워
가슴을 열어 보이는 것이다
갈 곳을 잃어버리고
허공에 흩날리는
눈송이의 외로움을 달래주려고
속마음을 보여 주는 것이다

그렇게 벌거숭이가 되어
바람과 눈송이를 끌어안고
몸속 깊숙이 차곡차곡 씨앗을 잉태하며
아무도 모르게
눈부신 산란을 준비하는 것이다

설해목

철갑을 두르기는커녕
몸 하나 곧추세우기도 버겁다

간밤에 내린 폭설로
맥없이 가지가 부러진
허리 굽은 소나무

바짝 말려진 황태처럼
누런 속살 사이사이로
가시 같은 뼈대가 삐죽하다

푸르던 시절에는
거센 비바람에도 꿋꿋하게 버티더니
세월의 무게에 속절없이 무너져
슬금슬금 황혼길로 들어선다

숲, 나무에서 배우다

숲에 사는 나무들은 박애주의자다
생김새가 다르다고 다투기는 하나 미워하지 않는다
키가 좀 작다고 허리가 굽었다고 업신여기지 않는다
언제나 주어진 자리에 서 있을 뿐
결코 남의 자리를 욕심내지 않는다
숲에 들어서면 가슴이 환해지는 이유다

숲을 지키는 나무들은 거룩한 성자다
산새들이 몸통 구석구석을 쪼아 대고 도려내도
아픈 기색 보이지 않는다
짐승들이 울부짖는 소리에 잠을 설쳐도
끝내 쓴소리 한 번 내지 않고
폭설에 여린 팔 하나쯤 부러져도
오로지 끝 모르는 사랑으로 품어 안는다
숲에 들어서면 영혼이 맑아지는 이유다

아낌없이 주는 나무

만약 내가 나무가 된다면
마을 어귀를 지키는
커다란 느티나무가 되어야지

가슴 한구석에는 새들 보금자리를 만들어 주고
한여름엔 가지가지마다 부채를 펴 들고
농부들 이마에 맺힌 땀방울을 식혀 주어야지
때로는 어르신들 장기판에 끼어들어 훈수도 하고
지나가는 나그네 말동무가 되어주기도 하며
별빛 총총한 밤에는 둥근 달을 붙잡고서
아낙네들 소원을 들어 달라고 부탁도 해야지

그러다 나이가 들어 쓰러지면
물결과 구름과 바람 문양을 뽐내며
옷장과 책장과 장식장으로 다시 태어나
명을 다하게 되면
기꺼이 땔감으로 온몸을 불사르는
그런 나무로 살아야지

2

갯벌

미끈미끈 미끌미끌
미꾸라지 성긴 소쿠리 빠져나가듯
발가락 사이로 잘도 달아나네
보드라운 살갗마저 먹물이니
도무지 그 속을 알 수가 없네

한나절엔 이곳저곳
숨구멍 물구멍 뚫어 위장전술 펼치다가
밤이 되면 어둠에 기대 다리를 펴네

그 갯벌에
짱뚱어, 농게, 조개, 낙지, 개불
한가로이 노닐고 있네

어머니 품 같은 갯벌은 몰래몰래
가녀린 생명들을 품고 있었네

마음의 눈

새벽안개 짙게 깔린 숲속에서 길을 잃었어
눈 감고도 뛰어가던 길인데
눈 뜨고도 보이지 않는 길

두려움에 떨며 안개를 붙잡고 있는데
숲의 소리가 들려왔어
나뭇가지에 내려앉는 산새들 날갯짓 소리,
청설모 팔딱 뛰는 소리가 들렸지

귀가 밝아지면서
문득 나무들이 걸어오는 말을 들을 수 있었어
소나무는 제 몸에서 나는 향기가 어떠냐고 물어왔고
오리나무는 오리무중이란 말을 아느냐고 물어왔지
나는 그들에게 나를 알고 있냐고 되물었더니
그들은 이미 오래전부터
내 발자국 소리를 기억하고 있었다고 답하네

안개 자욱한 숲속에서
처음으로 숲과 나눈 대화
눈으로 보지 못한 숲의 목소리를
마음의 눈으로 알아들었네

길

눈에 보이는 길은 길이 아니다
철새들이 허공을 날아 번식지를 찾아가듯
연어떼가 바닷속을 헤엄쳐 모천으로 돌아오듯
별들이 밤하늘을 스스로 밝혀가듯
시공을 가르며 만들어 가는
보이지 않는 그 길이 바로 길이다

끝이 있는 길은 길이 아니다
나를 찾아 떠나는 끝 모르는 여정
꽃길을 걸은 적이 있었지
가시밭길을 지나온 때도 있었고
숲속에서 길을 잃어 헤매기도 하였지
그러면서 쉼 없이 한 발 두 발 걸어온 길
돌아 보니 지나온 그 길들이 이어져
시나브로 내 삶이 되었다

강물

해 질 녘 강기슭에 앉아
노을빛으로 물들어 가는
강물을 바라보노라면
왠지 가슴이 뭉클해집니다

강가 모래톱에 내 눈물이 스며들고
세상의 모든 눈물방울은
어머니 품속 같은 대지에 안겨
속 깊은 물이 되어 흐릅니다

갈대숲에서
청둥오리떼가 물속으로 뛰어듭니다
어미 뒤를 따라
조롱박 같은 새끼들이
줄줄이 물살을 가릅니다

누군가가 흘린 눈물방울
그 방울방울들이 모여
여린 생명들 젖줄이 되었습니다

저녁 풍경

종일토록 쉼 없이 달려온 붉은 해
가쁜 숨 몰아쉬며
서녘 하늘 곱게 물들일 즈음

저녁 안개 살포시
산자락에 잦아들고
꽃향기에 취해 놀던 산새들
바쁜 날개 고이 접어
둥지에 깃든다

평생을 흙에 묻혀 살아온
초로의 농부가
굽은 허리 펴고 풀밭에 앉아
한 모금 담배로 심신을 달래며
오늘도 그렇게
하루를 갈무리한다

삐삐새

이른 아침
숲으로 나 있는 오솔길로 들어서면
작은 새 한 마리
삐삐, 하고 반겨 준다

나는 그 새의 원래 이름을 알지 못한다
그냥 지저귀는 소리 따라
삐삐새, 라고 부른다

그 새는
이슬 먹고 다듬은 고운 목소리로
생의 기쁨을 노래하고
숲을 찾는 모든 이에게
보드라운 아침 햇살 고루 나눠 준다

삐삐새는 내게 보여 준다
걸림 없는 사랑과
참된 삶의 의미가 무엇인지를

백합꽃

복도 의자에 앉아 있었습니다
에코백을 멘 여자가 종종걸음으로 사무실로 들어갑니다
나는 얼른 다리를 오므렸습니다

잠시후 그녀가 방을 나오더니
무심한 표정으로 화장실을 다녀옵니다
나는 다리를 두 번 오므렸다 폈습니다

그녀가 묘한 표정을 지으며 다시 또 지나갑니다
이번에는 커피포트에 물을 가득 담아 옵니다
나는 조금은 성가신 기색을 내비치며
천천히 다리를 오므렸습니다

순간, 그녀가 내게 미안하다고 말합니다
얼굴에는 엷은 미소가 번져 있었습니다
나는 얼떨결에 빙긋이 웃으며 괜찮다고 답했습니다

좁은 복도에 백합꽃 향기 가득했습니다

거울 속 해바라기 꽃

해를 닮은 얼굴에 절개가 서려있다
바람이 슬며시 유혹의 손길을 내밀어도
결코 눈빛 하나 주지 않는다

한여름 내내 애끓는 사랑을 하다가
속이 까맣게 타버렸다
끝내는 검은 보석 알갱이로 산산조각 나
동그란 얼굴에 촘촘히 박혔다
세상에서 가장 아름다운 얼굴이 되었다

욕실 거울 속에
해바라기 꽃을 닮은 얼굴이 있다
한 사람만을 지순하게 사랑하다 타버려
새까만 보석으로 남고 싶은 얼굴이다

자화상

치과 모니터에 흑백 사진이 떴다
고분 발굴 현장에서 나온 유골 같다
의자에 누워 멍하니 바라보는데
사진이 내게 일러준다
당신 얼굴이라고
나는 그럴리가 없다고 우긴다
사진이 자꾸 무어라고 말을 하는데도
듣는 둥 마는 둥 딴청만 부린다

의자에서 내려와 거울을 보며
낯익은 얼굴과 미소를 주고 받는다
갑자기 뒤통수에 내리치는 우레
'때 놓치지 말고 빨리 치료하세요!'
순간 정신이 번쩍 들었다
더 늦기 전에 철들라는 말로 들렸다

담쟁이

흙속에 발을 묻고
담벼락에 달라 붙어
온몸으로 일생을 그린다
거리의 화가가 붓놀림 하듯
한 뼘씩 한 뼘씩 화폭을 채워나간다

갈바람 소리 가슴속에 잦아드는 밤
붉은 달을 품에 안고 부르르 떨다가
미련 없이 군더더기들을 떨군다

그렇게 알몸이 되어
침묵의 시간을 맞이하며
마지막 수묵화를 완성한다

어머니

열무비빔밥 속에서
동그란 얼굴이 웃고 있습니다

들녘에는
개망초 하얀 꽃송이들이
별처럼 무리 지어 떠올라
천지를 밝힙니다
작은 꽃들은
바람에 휘청대면서도
결코 누우려 하지 않습니다

흔들리는 꽃 속에서
보름달 같은 얼굴이
잔잔한 미소를 머금고 있습니다

반쯤 기대에 찬 눈빛으로
도시락 뚜껑을 열던 때가 있었습니다

낙엽의 꿈

낙엽은 떨어져서도 나무 곁을 떠나지 않는다
한 잎 두 잎 밑동에 모여
한겨울 나무 이불로 지낸다
그러다 봄이 오면
나무의 몸을 빌려 새 생명으로 태어나
다시 그리운 날들을 산다

나 죽으면 낙엽이 되어야겠다
어머니 곁을 지키며
혹독한 시련의 시간을 버티다가
어느 화창한 봄 날
어머니 비쩍 마른 손을 꼭 잡고
들꽃 만발한 그 길을 다시 걸으리라

외삼촌

삼촌이 욕실에서 넘어져 병원 중환자실에 입원했다고
수화기 너머에서 울먹이는 외숙모 목소리에
순간 망치로 한 대 맞은 듯 머릿속이 하얘졌다

갓 초등학교에 들어간 내게 천자문을 가르쳤던
부모님께서 일찍 돌아가신 뒤 아버지처럼 의지하던 분

집 앞 공터에 나가 앉아 멍하니 허공을 바라본다
쪽물을 머금은 하늘은 푸르기만 한데
흰 구름은 왜 저리도 빠르게 흘러가는지
여름내 지저귀던 새들은 다 어디로 날아가 버리고
앙상한 나뭇가지만 바람에 흔들리는지
그리운 것들은 또 왜 저 멀리서 손짓만 하는 건지

그저 무심하기만 하다

평행선

그리운 마음은 마음일 뿐
사랑하는 마음 또한
마음으로만 남아 있을 뿐
언제나 주어진 거리에서 바라만 보며
한 세월을 보내야 하는 숙명

사랑 중에 가장 슬픈 사랑은
평행선 닮은 사랑

눈에 그리는 마음

밤새 소리 없이 다가와
온 세상을 아늑하게 덮은

동네 어귀 언덕에 올라
모처럼 찾아온 손님맞이에 바쁩니다

그리운 얼굴 눈 위에 그려봅니다
보고 싶은 마음 틀림없이 전해질 것 같아

하루해 다 가는 줄 모르고
사뭇 그려만 봅니다

작은 여인

그녀의 따스한 숨결 속
내 몸은 살아 움직이고
내 영혼은 깊은 잠에서 깨어나
참된 삶의 의미를 노래한다

꿈이 소박해서 아름다운 여인
그런 까닭에 영원히 사랑하고 싶은
나의
작은 여인

당신과 나는

당신은 전생에서 무엇이었길래
이렇게 내 마음을 흔들어 놓나요

처음 당신을 보았을 때
내 삶 주변에서 의미 없이 스쳐 가는
그런 사람 중 하나인 줄 알았지요

그러나 날이 가고 달이 가고 해가 바뀌어
우리 사이에 연륜이 쌓여 갈 때
당신은 커다란 운명의 씨앗을
내게 심어 놓았습니다

그 씨앗 싹트고 무성하게 자라
이제 내 모든 삶을 구속하고
알 수 없는 먼 미래마저
당신께 사로잡혔습니다

정녕 나는 당신의 무엇이 되고자
그대 앞에 서 있게 된 걸까요

사랑의 완성

가을걷이 끝난 논두렁에 홀로 남아
외다리에 의지한 채
목을 길게 빼고 서 있는 두루미처럼
그리운 사람은
하염없이 기다려야 하나보다

은하수 흰 물줄기 말라붙고
철 지난 들녘에서
새들마저 사라져 버릴 때
견우와 직녀가 만나듯
아마도 그날이 우리 사랑
영원히 맺어지는 날인가 보다

영생

싸락눈 내려 희끗희끗한 산봉우리가
거울 속에 비친 내 얼굴이다
머지않아 겨울 깊숙한 곳에서 백발이 성성해지겠지

그러고 나서 맞이하는 새봄 얼굴은
본래 내 모습일까 아니면
또 다른 내 모습일까

바윗돌은 오랜 세월 비바람에 깎이어도
언제나 그 모습 그대로 우뚝하다

어린나무는 자라 거목으로 그리고 다시 고목이 되어 쓰러지고
바로 옆에서는 씨앗에서 움튼 새순들이 다시 또 자라나고

내 아이들도 나를 좇아 아장아장 걸어오더니
벌써 어른이 되어 내 모습을 닮아간다
그러면 나는 붕어빵 같은 그들 속에서 삶을 이어가는 것이겠지

이제 내 몸은 점점 더 가벼워져야 한다
차근차근 멀고 먼 여행을 떠날 준비를 해야 한다
내 분신 속에서 영원히 살아 숨 쉬면서

이장移葬하는 날

산신이 잠시 자리를 비운 사이
살며시 망자의 집 대문을 연다
아버지가 밀짚모자를 눌러쓴 채
마루 끝에 앉아 담배를 피우신다
어머니는 머릿수건을 동여매고
아궁이에 불을 지피신다

한나절 죽은 자와 산 자의 해후
한 보따리 회한을 가슴에 묻어 두고
말 없는 말을 주고받는다

시간은 그리 너그럽지가 않아
짧은 만남은 갈림길 앞에서 머뭇거리다
이내 등을 돌리고,
다시금 닫혀버린 대문
산 자는 술을 따르며 작별을 고한다

한 가닥 향줄기를 타고서
세상 떠난 이와 함께한
무수한 기억의 파편들 하늘로 오른다

3

구둔역九屯驛에서

낮익은 대합실 빛바랜 벤치에
엷은 햇살 길게 몸을 누인다

구름과 바람만이
떠돌이처럼 기웃거리다 가는 정거장
엄마 손을 놓쳐버린 느티나무와 향나무
자장가처럼 기적소리 기다리는데
녹슨 철길에 누워 있는 환상열차는
아직도 깊은 잠에서 깨어날 줄 모른다

이따금 청춘들이 찾아와
몇 장의 추억을 만들고 돌아갈 뿐
시간이 멈춰버린 구둔역 플랫폼에 서서 나는
멀리 파란 하늘 끝자락으로 떠나간 사람 그리다가
끝내 행운의 종을 울리지 못하였다

고향에서 오는 길

오랫동안 미루어 온 면도로
아버지 턱수염이 파 뿌리 되어 간다

한 시간 남짓이면 돌아올 수 있는 길을
마치 천 리 길이라도 되는 양
해도 저물기 전 서둘러 고향 집을 나선다

자동차 뒷거울에
아들을 지켜보는 야윈 체구가
점점이 멀어지고
개울가 밤나무 마른 가지
아버지 팔이 되어 흔들거린다

신성리 갈대밭에서

강둑에 올라서 바라보니
그들은 발아래에서
머리를 조아리고 있는 듯했다
꺾일 듯이 휘청거리는 모습은
팔락거리는 촛불처럼 위태로워 보였다

다가가 그들 앞에 서보니
내 키는 너무 작아 앞이 보이지 않았고
그들 모두는 하나가 되어
거대한 성벽으로 버티고 있었다
그들이 힘을 모아 소리 한 번 내지르자
내 목소리는 스펀지에 빨려 들어간 물처럼
흔적도 없이 사라졌다

무리가 아니라 우리라고
그들은 그림자까지 서로를
얼싸안고 있었다

우이암牛耳岩

우웅
우웅
멀리 산사에서 들려오는 저녁 종소리
팔려 나간 새끼 소가 생각난 어미 소
우리를 뛰쳐나와 산길을 오르는데
길은 멀고 또 멀어
새끼 소 울음소리 그친 지 오래고
서녘 달빛 어스름한 풀숲엔
어미 소 눈물방울 송알송알 맺혔다

스님 염불 소리 목탁 소리 새벽을 열 즈음
두꺼비, 학, 호랑이, 코끼리, 코뿔소는 벌써
산사 귀퉁이에 가부좌를 틀었다

가쁜 숨을 몰아쉬며 손 모아 기도하던 어미 소
자신도 놓아 버리고 새끼 소도 잊어버리고
큰 귀를 추켜세운 채
바위가 되었다

회암사지檜巖寺址에서

나뭇잎이 핏빛으로 물들던 날
천보산 산자락에 된바람이 몰아치니
눈에 보이는 것들은 모두 사라지고
보이지 않는 것들은 쓰러져
검붉은 돌이 되어 땅바닥에 누웠다

봉황과 용이 살던 청기와 절터
부처와 중생은 함께 떠나고
이젠 지나가는 회오리바람 길목이
먹이 찾는 까마귀들 놀이터가 되었다

간신히 살아남은 석탑
당간지주 꼭대기에 나부끼던 오색 깃발이 그리워
뜬 눈을 감지 못한 채 속울음을 삼킨다

술 한 잔 기울일 사하촌마저 사라져 허전한데
가을 단풍 너무 붉어 서럽기만 하다

낯선 고향

멀다고 여겨지던 길이 가까이 다가오고
높다고 느껴지던 산마루가 낮아 보인다
물장구 치며 놀던 개울물이 졸아들고
옹기종기 모여 있던 집들이 안개처럼 사라졌다

편의점, 마트, 카페, 호프집, 갈비집, 모텔, 아파트……
새로운 것들은 어색하기만 하다
마주치는 사람들마저 낯설다
마음씨 좋은 이웃집 아저씨와 아주머니,
철없이 장난치던 동네 아이들은
다 어디로 가 버렸는지

오백 살 먹은 느티나무와
밤하늘 총총한 별들이 아니었으면
나는 너를 못 알아볼 뻔했다

거돈사지居頓寺址에서

그리운 사람을 기다리는 건
모든 것을 내어 주는 것인가

그림자만 남아 있는 절터를 지키며
온몸이 깎이어 나가도
흔들림 없이 앉아 있는
저 불좌대佛座臺에 흐르는 따스한 피돌기
검푸른 얼룩으로 굳어지고
이제 눈멀고 귀먹어
눈물 한 방울도 남지 않았다

천 년 세월
여여하게 살아남은 삼층석탑
나는 절로 손 모으며
허리를 숙이고야 말았다

연산군과 은행나무

외로운 섬보다
더 외롭게 눈을 감아
삼각산을 등지고 누운 임금 곁에
은행나무 한 그루
그늘을 드리웠다

한 뼘씩 하늘을 향해 가는
그 세월만큼
굵어지는 기둥은 지워지지 않은
슬픔을 닮았다

폭풍과 눈보라
참지 못한 분노와 때늦은 회한이
은행나무 깊은 속내에 숨어 있는 듯
젊은 임금의 발자국 소리가
청청하게 울리는 가을날이다

상원사에서

문수전 앞마당에 가부좌 틀고
천 년 세월 묵묵히 지켜온 거목
이제 제 할 일 다 마치고서
열반에 든다

상원사에 얽힌 문수동자 설화도
오도한 대선사의 깨우침도
한 가락 동종銅鐘 소리에 실려 보내고
아무런 회한도 없이
말 없는 말로
무상의 도를 펼친다

그곳에 가면

그곳에 가면
잃어버린 기억들이 샘물처럼 솟아난다

잠에서 막 깨어난 버들강아지
귀를 쫑긋 세우고
무리지어 춤추는 피라미떼
은빛 날개 번뜩이며 무지개를 뿌린다
아카시아 꽃향기 여름을 재촉하고
해걸음 느릿하게 지나는 한낮
선한 눈망울 왜가리가
목을 길게 늘인 채 사색의 늪에 빠져든다

담쟁이 넝쿨 돌담길을 시푸르게 밝힐 즈음
가을을 품은 달덩이 지붕 위에 내려앉고
어린 왕자가 사막여우에게
별나라 이야기 들려준다
버드나무 그늘 아래 맺어진 사랑
두 손 꼭 잡고 징검다리 건넌다

다시금 새맑은 물이 흐르는
그곳에 가면

사라져 버린 숲

오늘 나는 소중한 친구들을 떠나보냈다
굉음이 울려 퍼지는 숲에서
풀꽃과 산새들 신음소리 들으며

해맑은 얼굴 다정한 목소리
숲의 주인들이 사라지는 데에는
오랜 시간이 걸리지 않았다

이제야 나는 알았다
지옥은 아주 먼 데에만 있는 것이 아닌
바로 지금 여기에도 있다는 것을

오늘 또 숲이 사라진다
지옥이 하나 더 늘어난다
참 빠르기도 하다

잊고 싶지 않은 전설

냇물이 살아났다

오랜 세월 중병을 앓다가
기적처럼 살아나 돌아왔다

네가 아무런 잘못 없이 죽어가는데도
우리는 눈감고 모르는 척했다
아니 사람이 먼저라며
너의 죽음을 부추겼다

멀고 먼 길 돌고 돌아
어렵사리 되찾은 그리운 날들
등이 S자로 굽은 물고기 이야기는
희미한 전설로 남고
은빛 비늘 물결 넘실대는 냇물은 다시
물고기와 새들의
삶터가 되었다

날카로움을 버리다

도마 위에 툭툭 떨어지는 동백꽃잎
잠깐 한눈을 팔았는데
너는 가차없이 내 손가락을 벤다

벽을 향해 던진 네가 튕겨 나와
기어코 내 살을 파고들고 가슴을 찌른다

부러질지언정 굽힐 줄 모르는 너
온몸에 날을 세우고 독기를 뿜어낸다
문득 온몸을 타고 흐르는 전율
섬뜩한 그림자가 먹구름처럼 달려든다

가슴속에 품고 있던 너를 꺼낸다
평생을 휘둘렀는데도 아직 서슬이 퍼렇다
용기를 내어 너를 동강내고 땅속 깊이 묻는다
날카로움도 무덤 속에 들어갔으니
이제 남은 건 부드러움뿐이다

살맛나는 세상

네가 살면 내가 죽고
내가 살면 네가 죽는다

야생의 세계에서는 날마다
동물들의 목숨을 건 달리기가 벌어진다
잡으려고 달리고
잡히지 않으려고 달린다
모두 다 살기 위해 사력을 다해 달린다*

살맛나는 세상이 그립다
잡혀도 죽지 않고
잡아도 죽이지 않는 세상이
아니 아예 잡을 생각마저 하지 않는
그런 세상이 그립다

* 아프리카 속담, 가젤과 사자 이야기
  (초원의 최약자인 가젤과 동물의 제왕인 사자가
  서로 살기 위해 쫓기고 쫓는 이야기다)

이상한 극장

창동역 1번 출구에 가면
하루도 빠지지 않고 문을 여는 소극장들이 있다

해거름이면 감독은 무대를 단장하고
관객이 아닌 배우들을 모집한다

출연자들은 소정의 무대 사용료를 내야 하고
관객들은 무대 밖에서
주홍빛 스크린에 어른거리는 그림자를 보며
이야깃거리를 연상하면 된다

극장 구석구석 저들 삶의 흔적이 배어들고
토해내는 대사는 온 세상을 갈아엎을 듯하다

출연자들은 변신에도 능숙해
웃다가 울고 울다가 웃고
이따금 알다 모를 얘기들을 쏟아내기도 한다

막내, 이모, 참새, 길, 달구지……
이름도 정겨운 전철역 앞 소극장
오늘도 만원사례다

알량한 자존심

외출하려고 집을 나섰다가
무언가를 빠뜨려 집으로 되돌아간다
다시 문을 나서는 등 뒤로
아내 책망이 쏟아진다
미리미리 챙기지 않고......

그 말에 틀린 구석이 없는데도
소태를 씹은 듯 입안이 쓰다
침샘에 독이 가득 고인다

바른 말은 귀에 거슬리고
몸에 좋은 약은 입에 쓰다고 한다
그런데 듣는 나는 왜 자꾸 짜증이 날까

덜 익은 감, 땡감이다

때늦은 반성

공유권을 주장하는 아내 말을 뒤로 한 채
난을 키운다고 아파트 베란다를 독차지하며
수십 여년을 흘려보냈다

나이 들어 힘에 부쳐
화분 수를 반으로 줄였더니
햇볕에 빨래를 널 수 있다며 아내가 반색을 한다
작은 공간 하나 얻었다고 기뻐하는 아내를 보며
죄 지은 듯 가슴이 미어진다

여기까지 오는데
너무 많은 시간이 지나가 버렸다
티끌 같은 욕심에 눈이 멀어
너무 먼 길을 돌았다

기계적 인간

언덕길을 올라가는 것만 더딜 줄 알았는데
이제 내려가는 것도 더디다
낮에 일 할 때만 힘든 줄 알았는데
밤에 쉴 때도 힘이 든다
들숨 날숨의 간격이 점점 길어진다
건전지를 갈았다, 째깍째깍
언제 그랬었냐는 듯이 팔팔하게 움직인다

머지않아 사람들 장기를 바꿀 수 있는 세상이 온다고 한다
인조인간 시대가 도래하는 것일까
그럼 사람도 기계로 분류되는 걸까
부품을 바꿀 수 없을 때까지 살아야 하는 건지
마냥 즐거워해야 하는 일인지 모르겠다

삼배구고두례 三拜九叩頭禮

남한산성 성곽길에서 만난
새끼 멧비둘기
두 손 가지런히 모으고서
땅바닥에 연신 머리를 찧는다

콕콕콕
콕콕콕
콕콕콕
어린것이 무슨 잘못을 했기에
부리가 아픈 줄도 모르고
삼배구고두례를 하나

산성은 튼실하게 정비되었는데
오고 가는 사람들
호란의 아픈 기억 벌써 다 잊었는지
새끼 비둘기에게 눈길 전혀 주지 않은 채
성곽 구석진 모퉁이에는
빈 막걸리병만 널브러져 있다

대한어국 大韓魚國

바다를 뛰쳐나온 물고기들이
도심 한복판에 그들만의 왕국을 세웠다
광어는 왼쪽으로
도다리는 오른쪽으로
엇비슷하게 생긴 물고기들이
둘로 갈라져 떼 지어 몰려다닌다

영혼을 잃어버린 어부들은
광장 귀퉁이에 둘러앉아 졸고 있고
오가는 사람들의 얼굴에는 수심이 가득하다

제 세상을 만난 듯한 물고기들
온종일, 한 달 내내, 해가 다 가도록
술 마시고 노래하고 춤추고 또 싸우며
홀쭉한 배를 퉁퉁하게 살찌운다

무궁화 삼천리 화려강산이 졸지에
한쪽으로 쏠린 눈을 가진 물고기들로 넘쳐나는
대한어국이 되어 버렸다

성수 대교

잿빛 콘크리트 교각 사이
하늘색 철 다리가 두 동강 났다
도저히 믿기지 않아 내 눈을 의심했다

아!
열일곱 살 무학의 꽃들이
콩나물시루 같은 버스에서 흔들리다가
한순간 흔적도 없이
물속으로 사라졌다

허술한 다리를 만들어 놓고
술잔을 부딪치며 건배를 외쳤던 사람들
그대들은 기억하는가
피다가 져 버린 꽃망울들의 절규를
그 꽃망울 지켜보다 넋을 잃어버린
엄마, 아빠, 형제자매들의 비애를

무너진 다리는 다시 만들어지고
강물은 무심하게 흘러만 간다
마치 아무 일도 없었다는 듯이

을씨년스럽게 옷깃을 파고드는 강바람
쓰라린 가슴 달래주려는지

물안개 짙게 피어오른다

※ 1994년 10월 21일 07시 38분 성수 대교 10, 11번 교각 사이 상부 트러스
  약 50m가 무너졌다. 이 사고로 무학여중·고 학생 9명 등 32명이
  사망했다. 무너진 다리는 2004년 지금의 모습으로 다시 개통되었다.

4

폭포

나를 놓아 버려야 새로 태어난다
천 길 낭떠러지에서
멈추거나 물러서지 않고
용기를 내어 한 걸음 내딛는다

계곡을 가로지르는 함성
절벽에 부딪치고
바닥에 곤두박질치는 처절한 몸부림
더 큰 세상에 닿기 위한 물방울들 길이다

고통의 끝자락에서 무리 지어 피어나는 꽃
쪽빛 소沼를 딛고 날아오르는
저 장엄한 순백의 영혼
세상이 환하게 밝아진다

나무

정처 없이 헤매는 떠돌이가 되기 싫어
한 자리만을 지키는 파수꾼이 되기로 했지요
불나비 같은 사랑을 구걸하기보다는
고고한 학처럼 홀로이기를 택했어요

외로움이 빗물처럼 스며들 때는
수취인 불명의 편지를 씁니다
붉고 노란 종이 위에
그리움을 가득 담아 긴 편지를 씁니다
혼자만이 간직하고 싶은 속내를
새들이 입에 물고 퍼 나르네요

아침 햇살이 다정한 눈빛으로 인사를 합니다
바람이 한 걸음에 달려와 어깨를 토닥여 줍니다
잠 못 이루는 밤에는
별들이 무리 지어 내려앉아
이야기보따리를 풀어 놓습니다

제자리를 지키며 서 있는
나는
결코 홀로인 것이 아닙니다

자연 누드

산봉우리 병풍을 치고
늦가을 쨍한 햇살이
실루엣 휘장을 드리우니
매끈한 질감 화강암 바위가 자리에 누워
비밀스레 가슴을 연다

봉긋하게 솟아오른 구릉 위에
다소곳이 앉아
발그스름한 얼굴 드러내는
농익은 열매

숨 막힐 듯 엄습하는 고요의 시간
세상 모든 것들이
한순간에 멎어서다

수평선

하늘과 바다를 한 입 베어 물고
시치미 떼고 누워 있다

한 발짝 다가가면 그만큼 물러서며
닿는 것을 허락하지 않는 경계境界
삶의 버거움과 너머의 꿈 끌어안고서
두 눈 꼭 감고 있다

하늘과 바다가 하나이듯
여기와 너머도 하나라고
팽팽함과 느슨함을 한 줄로 아우른다

못

말을 잘 들어야 한다

못마땅하다고 고개 쳐들면
머리를 몇 대 더 맞는다
몸 꼿꼿이 세우고 버티다가는
허리가 구부러지고
불도가니에 들어가
녹아버릴지도 모른다

두들겨 맞아도 참자, 한순간만
탈 없이 오래 사는 길이니까

그런데, 너무 고분고분하면 나를
쇠가 아닌 물로 볼까 봐 걱정이다

맑음

아침 햇살이 창문을 두드리네
이슬방울 꽃잎에서 영롱하게 물드네
풀냄새가 바람결에 풋풋하게 실려오네
시냇물이 제 속을 말끔히 보여주네
피라미떼 매끈한 몸 은빛으로 번뜩이네
가을 하늘은 점점 깊어만 가네

숨김없이 드러내고
욕심 없이 놓아버리니
남은 것은 오로지 맑음뿐이네

모든 것을 다 비워버린
티끌 하나 없이
푸르른 가을날이다

속 비워내기

대나무는 속을 비워가며
마디 마디를 단단히 키운다
악기들도 속을 비움으로써
아름다운 소리를 낸다
새들은 **뼛속**이 비어 있어
하늘을 나는 자유를 얻었고
수도자들은 속을 비워내서
영혼이 맑다고 한다
네 가슴속 한구석에도 빈자리가 있어
내가 들어설 수 있다

하지만 비우기는커녕
평생을 채워넣기만 한 나
얼굴이 붉어진다
이제부터라도 속을 비워내야겠다

평행선의 변주

고추잠자리떼가 어깨동무를 하고
쪽빛 치맛폭에 오색 실로 수를 놓는다
돌고래 한 쌍이 나란히
황금빛 가을 속을 길게 가로 지른다
아늑한 선율이 수면 위에 너울거린다

문득 그리움에 사무쳐 서로를 향해 달린다
지구를 한 바퀴 다 돌고
우주를 향해 날아가 본다
그러고 나서 알았다 쉬이 만날 수 없는 운명임을
애잔한 선율이 심연을 파고든다

기나긴 세월 오로지 그 자리에 서서
곁을 지키며 서로를 갈망하고
연리목이 되고 싶어
두 팔을 쭉 뻗어도 보았지만
끝내 이루어질 수 없는 사랑에 주저앉고 말았다
처연한 선율이 격랑을 일으킨다

어느 짧은 생

잠에서 갓 깨어난 노랑나비
서툰 날갯짓하며
찔레꽃 하얀 꽃잎에 내려앉는데
직박구리 쏜살같이 날아와
냉큼 한입에 삼켜버렸다

아지랑이 아물아물 피어나는
봄날
짧은 생을 더 짧게 마쳐 버린
노랑나비의 꿈
하늘 높이 하늘 높이 올라간다

헛된 바람

까치발로 딛고 서서
가냘픈 목 길게 빼고
산모롱이 돌아 날아간
방울새 기다리는데
무서리 내리고
낙엽 다 지도록
그리던 목소리 들리지 않아
어깨를 들먹이며 고개 숙인
구절초
연분홍빛 물든 얼굴
허옇게 허옇게 바래간다

흔적

어둠 속을 몰아치는 이 바람은
멀고 먼 태곳적
서사시를 노래함인가

초저녁별을 따라왔다가
한 점 흔적을 남기고
새벽녘 희미한 빛줄기로 사라져 간
숱한 옛적 영웅들

그러나 지금
그들 육신은 부서지고 흩어져
한 줌 흙으로 남았을 뿐
위엄 서린 옛 모습 찾을 길 없어
오늘도 나는
귓가에 맴도는 목소리 좇아
칠흑 같은 밤을 홀로 지새운다

애벌레

녹음이 짙어가는 숲속에서
우화를 꿈꾸는 애벌레들
익숙한 몸짓으로
나뭇잎 돌돌 말아 집을 짓는다

그렇지만 나는 알고 있다
저들 중 몇 마리만이 나비가 되어
하늘을 날 수 있다는 것을

우리 삶도 이와 같아
저마다 품은 꿈 이루려 하지만
끝내 아쉬운 회한만을 남겨둔 채
짧은 여정의 종지부를 찍어야 한다

고요한 숲속의 한나절
애벌레들 공중 묘기가 끊임없이 펼쳐지고
이따금 줄을 놓친 어린것들이
톡 톡 톡!
땅 위에 내려앉는다

팽이

사람들은 내가
매를 맞아야만 살 수 있다고 한다
쉬지 않고 팽글팽글 돌아도
어지러워하지 않는다고 말한다
쓰러지기 싫어서
마치 시지프스의 형벌 같은 고통을
기꺼이 받아들인다고 생각한다

하지만 나도
온몸을 휘갈기는 채찍이 두렵다
돌고 또 돌다 보니 구역질이 난다

가끔은, 아니 자주
빙빙 도는 걸 멈춘 뒤
편히 누워 쉬고 싶다

용기

떡갈나무 가지에 자벌레가 기어간다
티베트 고원의 황량한 길에서
성지를 향해 삼보일배하는 순례자처럼
등허리를 높이 쳐들었다 곧게 펴며
꼭 자기 몸길이만큼 기어간다

가지 끝에 이르더니
한 순간의 망설임도 없이
몸을 날린다

오! 놀라워라
거미줄 같은 실오라기에 매달려
몇 번 그네를 타는가 싶더니
어느새 건너편 나뭇가지를 오른다

홀로 서는 길

엄마를 찾지 말아라
다시는 볼 수 없다는 것이 가슴 아프겠지만
우리 인연은 여기까지야
이제 네 길을 가야 해

넓적 바위벽에 편지 한 통 써 놓고
까망이가 사라졌다

영문을 모르는 새끼 고양이
엄마를 기다리며 야옹야옹 울다가
사료 한 줌으로 주린 배를 채우고
졸음에 겨운 눈꺼풀 스르르 감는다

짧은 만남 이어지는 영원한 이별
남은 건 홀로 헤쳐나가야 할
끝 모르는 험난한 길

한 편의 드라마가 눈앞에 그려진다
하산하는 발걸음이 더디기만 하다

어둠이 깨우쳐 주다

비행기에 몸을 싣고
수천 미터 상공 어둠 속을 가른다

멀리 눈 아래로 보석궁전이 나타났다
별들이 반짝이는
밤하늘만 아름다운 줄 알았었는데
내가 살고 있는 곳 또한
저처럼 눈부시게 빛나다니

한순간도 멈추지 않고 숨을 쉬면서
공기의 소중함을 까마득히 잊고 살듯이
주변에서 소리소문 없이
제 길을 걸어가는
고마운 존재들을 잊고 살았다

그들이 등불이 되어
세상을 밝히고 있다는 것을
오늘 비로소
어둠으로부터 깨달았다

징검다리

물 위로 얼굴을 내민
수련 꽃
말하지 않아도 속내를 알 수 있는
줄임표
저 너머로 건너가는
깨달음의 길

한눈팔지 말고 발걸음 조심조심
서두르지 말고 알맞은 속도로

어디에도 머물지 않는 바람처럼
쉼 없이 바다로 달려가는 강물처럼
잡념은 떨쳐버리고
오직 건너는 데에만 몰두하자

피안으로 가는 길

매미가 우화를 한다
구태를 벗어던지고 새 몸을 얻었다

잣나무 법좌에 올라앉아
근엄한 목소리로 한 소식 전하는데
눈은 멀고 귀는 들리지 않아
어제 일으킨 망상 오늘 다시 떠올리고
오늘 쏟아낸 헛된 말 내일 또 되풀이할 나는
지금 어디로 가고 있는 것일까

매미에게 물어본다
저 피안의 세계로 넘어가는 길을

일방통행

콘센트에 플러그를 꽂는다
전원 스위치를 켜고
채널을 맞추고 음량을 키운다
화면이 나타나며 소리가 들린다

눈과 귀, 들어오는 문은 활짝 열려 있는데
입, 나가는 문은 굳게 닫혀 있다
감각의 불균형
온몸에 독초가 자란다

곳곳에서
불통의 씨앗들이 움튼다
날개 꺾인 새 한 마리
어둠 속으로 빨려든다

마장동 골목에서

주검들이 널려 있다

칼끝으로 잘 발라낸 뼛조각에
듬성듬성 핏자국이 뭉쳐 있고
붉은 속살에는 서릿발이 촘촘하다
한순간도 쉬지 않고 뛰놀던 피돌기가
양철통 속에서 숨을 멈추고
기이하게 생긴 내장들이
낡은 고무대야에 널브러져 있다

골목 끝에서는
두려움에 떨고 있는 누런 소가
큰 눈을 껌벅이며 눈물을 글썽이고 있다

속이 울렁인다
스마트폰에서 '채식주의자'라는 말을 찾아본다

跋文

자연과의 대화와 생명의 판타지Fantasy

나호열(시인 · 문화평론가)

서정시의 출발

세계의 자아화는 시 특히 서정시抒情詩를 이야기할 때 당연히 그러한 것으로 받아들여지는 명제이다. 세계를 주관적 관점에서 자아 속으로 끌어들이는 것. 이를 좀 더 설명하자면 '나'를 둘러싸고 있는 세계(자연)은 - 이 글에서의 세계는 우주, 또는 자연과 동일한 의미로 쓰기로 한다 - '나'를 포섭하고 있으면서 동시에 '나'와 유리되어 있는 그 무엇이다. 노자老子의 '돌아가는 것은 도의 움직임(반자도지동反者道之動)'이라는 주장이나, 주역周易의 '극에 도달하면 되돌아간다(극즉반極則反)'는, 자연의 섭리에 대한 이해는 자연을 대상으로 의식하는 '나'와는 불화의 관계에 놓일 수밖에 없다. 왜냐하면 현실세계의 인간은 자연의 비가시적인 규칙적 운동을 감지하기보다는 변화를 통한 삶의 추동推動에 더 큰 의미를 부여하기 때문이다. 따라서 반자도지동이나 극즉반과 같은 자연의 규칙은 유한한 '나'의 삶에 깨달음을 주는 나침반이 될 수는 있으나 완벽한 위안은 되지 못한다. 이렇게 볼 때 보편적으로 받아들이는 서정시의 본령을 자연에의 귀의나 완상玩賞으로 받아들이는 것은 세심한 주의가 필요하다. 시의 발화자인 '나'의 의식이 무엇을 지향하느냐에 따라 자연의 의미 또한 새로운 각성을 요구하는 사태로 이끌리기 때문이다.

현대사회는 과학의 눈부신 발전에 힘입어 자연을 마주하는 태도에 있어서 생태주의 보다는 환경주의에 관심을 갖는다. 생태주의는 앞에서 이야기한 거시적 안목에서의 자연의 규칙인 반자도지동이나 극즉반의 적극적 수렴을 주장한다. 이는 수많은 '나'의 동의와 동참을 요구하는 것으로 현실적 삶이 추구하는 편리함의 이익을 버릴 것을 요구하는 것이다. 이에 반해서 환경주의적 관점은 과학기술은 삶의 쾌적함과 신속한 편리성과 만족감을 주며, 이에 파생되는 여러 문제들, 이를테면 환경파괴와 같은 폐해는 과학에 근거한 기술로 충분히 제거할 수 있다고 믿는다. 그래서 시를 쓰는 나의 시각이 생태나 환경 어느 쪽에 놓여 있느냐에 따라 서정시의 밀도는 달라질 수밖에 없다. 나를 비추는 거울, '나'를 각성覺醒 시키고 삶의 태도를 수정하게 하는 도구, 추악한 세계에 숨어 있는 아름다움을 발견하는 일 등, 그 어느 것에 방점을 두느냐에 따라 세계의 자아화라는 서정시의 개념은 다양한 형태로 진화할 것이다. 김석홍 시집 『천지연폭포』는 작금의 현대시의 양상 특히 서정시의 영역을 돌아보게 하는 중요한 계기를 마련해 주고 있다고 보여진다.

자연을 향해 가는 길

『천지연폭포』는 김석홍 시인의 첫 시집이다. 시집에 수록된 82편의 시들은 해방 이후 전란과 정치적 혼란과 맞물린 산업화의 틈새에서 격동의 한 시대를 살아온 시인의 회고와 우리 사회의 근대성에 대한 물음을 던지고 있다.

근대近代의 개념은 정치, 사회적 발전단계에서 모더니티modernity라 일컫는, 인간 이성理性의 힘으로 세계를 구성하고자 하는 데서 출발한다. 자연과 신神의 슬하에 있던 인간이 자연과 신과 동등한 위치에 올라서거나 한 발 더 나아가 신을 버리고 자연을 인간의 문명으로 억압내지는 통제하는 인간 중심의 사회로 진입하는 것으로 근대를 요약

할 수 있을 것이다. 그리하여 마침내 인간의 존엄은 자유와 평등으로 발현된다. 우리는 21세기를 살고 있으면서 정신적 기반은 여전히 르네상스 이후의 근대정신의 토대 위에 서 있다. 오늘날의 물질적 풍요는 자본주의와 결합된 바로 이 근대정신으로부터 비롯된 것으로서 부지불식不知不識간에 개개인의 생애를 디지털digital로 압축된, 속도와 편리성의 궤도에 올려놓았다. 이 디지털문화는 앞서 언급한 환경주의적 관점과 길항하면서 자연과 인간을 더 멀리 떼어놓는 형국으로 이끌고 있다. 한 마디로 오만한 이성理性은 자연 생태의 파괴와 멸종을 야기하면서 현대문명의 파멸을 두려워하지 않고 있는 것이다.

　시집『천지연폭포』는 우리가 직면하고 있는 이러한 완성되지 못한 슬픈(?) 근대를 헤쳐 온 이순耳順을 넘어선 삶을 오버랩 시키면서 독특한 서정의 세계를 펼쳐보이고 있다는 점에 주목한다. '언덕길을 올라가는 것만 더딜 줄 알았는데 / 이제 내려가는 것도 더딘'(「기계적 인간」첫 부분) 나이에 이르러 그가 당도한 세상은 이렇다.

　멀다고 여겨지던 길이 가까이 다가오고
　높다고 느껴지던 산마루가 낮아 보인다
　물장구치며 놀던 개울물이 졸아들고
　옹기종기 모여 있던 집들이 안개처럼 사라졌다

　편의점, 마트, 카페, 호프집, 갈비집, 모텔, 아파트……
　새로운 것들은 어색하기만 하다
　마주치는 사람들마저 낯설다
　마음씨 좋은 이웃집 아저씨와 아주머니,
　철없이 장난치던 동네 아이들은
　다 어디로 가 버렸는지

　오백 살 먹은 느티나무와

밤하늘 총총한 별들이 아니었으면
나는 너를 못 알아볼 뻔했다

- 「낯선 고향」 전문

    어느덧 인생의 반을 살아온 시인은 민주화와 산업화가 길항하는 현대사現代史의 와류 속에서 일구어낸 풍요와 그 풍요를 얻기 위해 버려지고 만 소중한 삶의 가치들을 소환하고 있다. 멀다고 여겨지던 길은 직선으로 뚫리고, 산마루는 깎여 낮아진 고향에는 낯선 사람들이 인사도 없이 스쳐 지나가는데, 그래도 고향에는 여전히 살아있는 오백 살 먹은 느티나무와 오염되지 않은 밤하늘에 총총한 별이 돋아나 위안을 준다. 어쨌든 이순耳順에 닿은 고향은 낯선 땅이 되고 말았다. 청운의 꿈은 어디론가 사라지고 사회에서 퇴출(?)되는 안타까움도 함께 찾아오는 이순은 이제는 인생 후반기의 첫 출발점으로 받아들여야 한다. 그래서 시인은 무심히 지나쳤던 사물과 풍경, 오래전 이야기들을 찾아 새로운 여행을 준비한다. 시집 『천지연폭포』는 사회에서 한 걸음 물러서서 시인이 발견한 미물들의 생명력을 찾아 떠난 여행기라 보아도 무방하다. 시인은 그의 시 쓰기가 지금껏 가보지 않은 길에 늦깎이로 들어섰다고 술회했지만 그의 시업 또한 새롭게 시작하는 또 하나의 삶의 여행임이 틀림이 없다. 무크Mook 『르네포엠』으로 등단한 지 3년 만에 내놓은 시편들은 그의 인생의 후반부를 시작하며 갈고 닦은 심안心眼의 결과물이다. 그러나 그의 시작詩作은 이미 수십 년 전부터 시작되었음을 안다. 일일이 밝힐 수는 없지만 시집에 실린 스무여 편의 시는 시인이 건너온 불혹不惑 즈음의 작품들이다. 아마도 그 시절은 삶의 신고辛苦가 생계와 사회적 상승욕구와 맞물려 치열했던 때이었을 것이다.

    '말을 잘 들어야 한다 // 못마땅하다고 고개 쳐들면 / 머리를 몇 대

더 맞는다 ...(중략)... 두들겨 맞아도 참자, 한순간만 / 탈 없이 오래 사는 길이니까'(「못」 부분)이나 '매를 맞아야만 살 수 있다고 한다...(중략)...온몸을 휘갈기는 채찍이 두렵다/ 돌고 또 돌다 보니 구역질이 난다 ' (「팽이」 부분)

일찍이 서양에서 발화되었던 개인이 누려야 할 자유와 계급을 넘어서는 평등을 근거로 하는 근대정신은 불행하게도 우리에게는 여전히 미완인 현재 진행형이다. 뿌리 깊은 유교문화의 영향은 사회 곳곳에 능력과 무관한 장유유서長幼有序와 상명하복上命下服의 부조리를 떨쳐내지 못하고 있다. 「못」과 「팽이」는 이와 같은 삶의 신산함을 감상感傷에 떨어뜨리지 않은 채, 시인 앞에 주어진 사물이나 현상을 객관적 관찰을 통해 공감의 영역으로 이끌어낸 노작勞作이라고 보여지지만 이런 공력은 김석홍 시인의 초창기 시 「애벌레」에서 그 단초를 찾아 볼 수 있다.

녹음이 짙어가는 숲속에서
우화를 꿈꾸는 애벌레들
익숙한 몸짓으로
나뭇잎 돌돌 말아 집을 짓는다

그렇지만 나는 알고 있다
저들 중 몇 마리만이 나비가 되어
하늘을 날 수 있다는 것을

우리 삶도 이와 같아
저마다 품은 꿈 이루려 하지만
끝내는 아쉬운 회한만을 남겨둔 채
짧은 여정의 종지부를 찍어야 한다

고요한 숲속의 한나절
애벌레들 공중 묘기가 끊임없이 펼쳐지고
이따금 줄을 놓친 어린것들이
톡 톡 톡!
땅 위에 내려앉는다

-「애벌레」 전문

이 세상은 먹고 먹히는 살벌한 약육강식의 현장이다. 깊이 생각하지 않아도 나비가 되지 못하는 많은 애벌레들의 죽음은 우리네 장삼이사張三李四의 삶과 다르지 않다. 그러나 시 「애벌레」의 마지막 연은 죽음으로 이어지는 하강下降이 결코 소멸에 머무르는 것이 아닌 또 다른 생성을 준비한다는 메시지를 전달하고 있다. 먹이사슬은 냉엄하지만 모든 생명체는 땅으로 귀의한다. 땅은 생명이 소멸하는 무덤이면서 동시에 생명이 깃드는 집이기도 하다. 시인이 포착한 '톡 톡 톡!'의 의성어를 통해서 구현되고 있는 약동하는 숨소리를 받아내는 땅은 얼마나 거룩한 것인가! 더 깊고 넓은 눈으로 바라보면 이 세계는 승패勝敗와는 무관하다. 영원한 승자는 존재하지 않으며, 너도 이기고 나도 이기는(win-win) 인드라망의 또 다른 세계가 펼쳐지고 있음을 알 수 있을 뿐이다.

반추를 넘어가는 반성의 시

시집 『천지연폭포』는 이와 같이 대상(오브제)이 지니고 있는 속성을 객관적 관찰을 통해 우리의 삶을 암유하는 기법을 즐겨 사용하고 있다. 특정한 장소의 경관景觀 - 천지연 폭포, 회암사지, 구둔역, 갯벌, 숲, 강 등-을 다룬 시들이나, 나무나 꽃, 새, 등 사물을 모티브로 잡은 시편들이 시집 『천지연폭포』의 뼈대를 이루고 있다. 한 마디로 시집 『천지연폭포』를 요약한다면 서정시가 빠지기 쉬운 대상에 대한 과도한 영탄詠嘆 이나 어설픈 체념, 치열한 고뇌와 달관의 포즈를 취하지 않고 오롯이 자신의 삶을 곧추세우는 반성의 기록으로 보여지고 있어 시인의 진정성이 깃들여진 것이다. 이와 관련된 시 한 편을 읽어본다.

대나무는 속을 비워가며
마디 마디를 단단히 키운다
악기들도 속을 비움으로써
아름다운 소리를 낸다
새들은 뼛속이 비어 있어
하늘을 나는 자유를 얻었고
수도자들은 속을 비워내서
영혼이 맑다고 한다
네 가슴속 한구석에도 빈 자리가 있어
내가 들어설 수 있다

하지만 비우기는커녕
평생을 채워넣기만 한 나
얼굴이 붉어진다
이제부터라도 속을 비워내야겠다

− 「속 비워내기」 전문

대나무의 속성인 곧음이 속이 비어 있음에서 이루어진 것을 관찰한 시인은 자신의 마음에서도 탐욕을 비워내야겠다고 말한다. 김석홍 시인은 일관되게 그가 마주하는 대상을 통해 끊임없이 자신을 반성하는 자세를 버리지 않으려고 한다. 치과에서 X-ray 사진으로 드러나는 뼈를 보면서 저것은 내가 아니라고 우기다가 '때 놓치지 말고 빨리 치료

하세요!'라는 권유를 '순간 정신이 번쩍 들었다 / 더 늦기 전에 철들라는 말로 들'(「자화상」 마지막 부분)는다든가, 시집 『천지연폭포』에 드물게 보이는 사회 또는 문명 비판의 시 -「마장동 골목에서」, 「대한어국大韓魚國」등 - 에서 조차 자신의 삶을 정돈하려는 수기修己의 자세를 잊지 않는다. 마장동은 축산물 가공과 식육점으로 유명한 곳이다. 육류 소비는 적어도 개인 소득이 오천 달러 이상이 되었을 때 폭발적으로 증가한다. 소와 돼지, 닭들은 오직 인간의 식욕을 위해 태어나고 죽는다. 적어도 10년 이상의 수명을 지닌 생명들이 길어야 2년, 짧게는 이 개월 이내에 상품으로 도륙되는 상황은 참으로 아이러니컬하다. 아마도 싱싱한 고기를 맛보기 위해 마장동에 들렀을 것이다. 그때 시인은 '골목 끝에서는 / 두려움에 떨고 있는 누런 소가 / 큰 눈을 껌벅이며 눈물을 글썽이고 있'(「마장동 골목에서」 3연)는 풍경을 목격한다. 시인(화자)은 느닷없이 속이 울렁거리고 '스마트폰에서 채식주의자라는 말을 찾아'(「마장동 골목에서」 마지막 연)본다. 여기서 유의해서 보아야 할 점은 시인(화자)이 채식주의자가 되기로 했다는 것이 아니라 단지 채식주의자라는 단어를 검색했을 뿐이라는 사실이다. 이 언명이 함의하는 바는 '우리'라 불리는 대중은 고귀한 삶의 가치에 대해서는 목소리를 높이지만 현실에서는 행동하지 않고 실천하지 않는 방관자에 머물고 만다는 사실이다. 이러한 부끄러운 냉소는 오늘날의 정치현실을 비판하는 「대한어국大韓魚國」에서도 여실히 드러난다. 좌우左右나 보수 / 진보의 명확한 정의의 정립도 없이 목소리를 높이며 제 밥그릇을 차리는 탐욕의 아수라장에서 힘없는 방관자로 '무궁화 삼천리 화려강산이 졸지에 / 한쪽으로 쏠린 눈을 가진 물고기들로 넘쳐나는 / 대한어국이 되어 버린'(「대한어국大韓魚國」 마지막 연) 막막함을 마주할 뿐인 자신을 들여다 볼 뿐인 것이다.

문여기인文如其人을 향해 가다

그렇다면 오롯이 자신의 삶을 곧추세우는 과정의 반성으로 시를 읽어야 한다는 어림짐작은 시집 『천지연폭포』에 어느 만큼 구현되어 있을까? 자연은 많은 사람들에게 삶의 지혜를 얻게 해 주고 상처받은 영혼을 치유해주는 성소聖所로 받들여진다. 쉽게 말해서 이런 삶의 지혜나 치유는 시에 있어서 식물적 이미지의 도움을 많이 받는다. 계절의 변화에 따른 생명의 순환, 부동不動의 상징으로 곧바로 일깨워주는 '나무'나 '숲'은 영감을 얻는 훌륭한 소재인 것이다. 김석홍 시인에게도 이와 같은 소재들은 아름다운 많은 시편을 낳게 하였다. 그 중에서 꼿꼿함, 굳음과 상승上昇의 기개를 상징하는 나무를 소재로 한 몇 편의 시를 살펴 보겠다.

숲에 사는 나무들은 박애주의자다
생김새가 다르다고 다투기는 하나 미워하지 않는다
키가 좀 작다고 허리가 굽었다고 업신여기지 않는다
언제나 주어진 자리에 서 있을 뿐
결코 남의 자리를 욕심내지 않는다
숲에 들어서면 가슴이 환해지는 이유다

　　　　　　　　　　　　　　　　　－「숲, 나무에서 배우다」1연

만약 내가 나무가 된다면
마을 어귀를 지키는
커다란 느티나무가 되어야지

(...중략...)

그러다 나이가 들어 쓰러지면
물결과 구름과 바람 문양을 뽐내며
옷장과 책장과 장식장으로 다시 태어나

명을 다하게 되면
기꺼이 땔감으로 온몸을 불사르는
그런 나무로 살아야지

— 「아낌없이 주는 나무」1연, 마지막 연

그렇게 벌거숭이가 되어
바람과 눈송이를 끌어안고
몸속 깊숙이 차곡차곡 씨앗을 잉태하며
아무도 모르게
눈부신 산란을 준비하는 것이다

— 「겨울나무」마지막 연

정처 없이 헤매는 떠돌이가 되기 싫어
한 자리만을 지키는 파수꾼이 되기로 했지요
불나비 같은 사랑을 구걸하기보다는
고고한 학처럼 홀로이기를 택했어요

— 「나무」1 연

시 「속 비워내기」에서 살펴 보았듯이, 여러 편의 나무를 소재로 삼은 시들은 비유를 통하지 않은 직접 화법을 통해서도 충분히 공감할 수 있는 편안함을 준다. 누구나 쉽게 나무가 주는 상징을 인식할 수 있기 때문이기도 하고 많은 시인들이 즐겨 소재로 삼은 바 친숙한 의미를 받아들일 수 있기 때문이기도 하다. 그럼에도 나무 시편들은 누구에게나 삶의 전형典型으로 삼아도 좋을 만큼 곧음과 인내와 고고 孤高의 품격을 일깨워주는, 시집 『천지연폭포』를 대표하는 시편들이라고 독자들에게 권유하고 싶다. 그러나 필자가 주목하고 싶은 시, 시집의 첫 번째 시를 고르라 한다면 주저하지 않고 시집의 표제인 시 「천지연폭포天地淵瀑布」를 꼽으려 한다. 이 시 또한 수많은 기행시의 한 편으로서 위에 언급한 시에 비해서 비유의 적절함이나 완성도에 있어서 더 낮다고는 볼 수 없다. 그럼에도 이 시는 김석흥 시인의 앞날을 예견하는 중요한 의미를 지니고 있다는 점을 놓쳐서는 안된다. 김석흥 시인은 이 시를 무엇 때문에 시집의 표제로 삼았을까?

시집에는 폭포를 다룬 시 「폭포」가 또 있다. 나무와 마찬가지로 폭포도 많은 시인들에게 영감을 준 소재이며 그만큼 명편名篇도 많다. 나무와 마찬가지로 폭포는 하강적 이미지를 드러내지만 나무의 부동, 수동적 속성과는 달리 역동적인 광물적 이미지가 강하다. '나를 놓아버려야 새로 태어난다 / 천 길 낭떠러지에서 / 멈추거나 물러서지 않고 / 용기를 내어 한 걸음 내딛는다'(「폭포」 1연)는 구절은 생명의 결연한 의지를 표명하는 가히 압권이다. 그러나 「천지연폭포天地淵瀑布」에는 다른 시에서 볼 수 없었던 서사敍事가 들어 있다.

천지연 폭포는 제주도 서귀포시 계곡에 있는 폭포로서 정방폭포와 천제연폭포와 더불어 제주도를 대표하는 삼대 폭포이다. 총 5연으로 이루어진 시 「천지연폭포天地淵瀑布」는 시 「폭포」의 1연에서 보이는 장엄한 현상을 넘어서서 푸른 소沼에 고래가 살고 있다는 상상의 세계를 보여준다. 낙하하는 물줄기를 고래가 뿜어내는 숨소리로, 바다로 돌아가지 못하여 어미 고래와 헤어진 아픔과 그리움의 서사를 회화적 기법으로 표현한 것은 대상과 시적 자아의 대칭을 넘어서는 새로운 시도로서 김석흥 시인의 시업의 새 출발을 알리는 징표로 삼을 만한 것이다. 거기에 고래가 표징하는 자유와 그 자유를 억압하는 삶에서 희망을 놓치지 않으려는 분투를 폭포를 통해서 보여 주려고 하는 시도는 값진 것이 아닐 수 없다.

계곡을 뒤흔드는 우레 같은 울음소리
하늘 높이 솟구치는 거대한 물기둥

저 낭떠러지 아래 푸르른 소沼에는
가슴 저린 고래 한 마리가
살고 있다고 생각했다

세상이 바다와 뭍으로 갈라지던 날
집으로 돌아가지 못한 새끼 고래가
절벽 깊숙한 곳에 어미 모습 새겨놓고

숱한 날을 사무치는 그리움에 몸부림치며
밤하늘 검푸른 물속을 유영하는 별들에게
간절한 마음으로

나 여기 있다고 어미 고래에게 전해달라며
쉼 없이 신호를 보내는 것이다
서러운 울음으로

─「천지연폭포天地淵瀑布」 전문

시인의 길

시는 언어를 도구로 삼는다. 소통을 목적으로 하는 언어는 항상 사회적 약속으로 작동하면서 시를 구속한다. 그러나 시의 언어는 그러한 사회적 소통을 벗어나서 비유의 영역을 지향해 간다. 비유는 애매성을 이끌면서 문장을 이루는 표현의 아름다움을 함유한다. 표현의 아름다움은 교언영색巧言令色이나 서사의 절실함에서 오는 것이 아니라 오랜 숙성을 거친 사유와 혼탁한 세상을 맑은 눈으로 바라보는 심성의 연마에서 오는 것이다. 시인 김석홍과 시집 『천지연폭포』는 표현의 과도한 장식을 걷어내고 문여기인文如其人의 길을 걸어가려 하는 꿈을 버리지 않고 있다는 점에서 든든한 결기를 보여주고 있다. 앞으로 시를 포함한 예술에는 완성이 존재하지 않는다는 것과 전인미답前人未踏의 길을 묵묵히 걸어가는 것이야말로 시인에게 주어진 운명임을 잊지 않는다면 더 높고 더 넓은 세계를 만나게 될 것이다.